作者简介 >>>

　　肖歌，涟源市罗家桥人，居长沙。毕业于湖南师大中文系。出版有《生命的花篮》《稻草孵出的梦》等著作十多种。系中国诗歌学会会员，湖南省作家协会会员。总把诗歌与音乐当作喂食给自己灵魂的米粒。

肖 歌 著

人间烟火

百花洲文艺出版社

图书在版编目（CIP）数据

人间烟火 / 肖歌著. -- 南昌：百花洲文艺出版社，
2024.1
ISBN 978-7-5500-4835-5

Ⅰ.①人… Ⅱ.①肖… Ⅲ.①诗集－中国－当代
Ⅳ.①I227

中国版本图书馆 CIP 数据核字（2022）第 227737 号

人间烟火　肖歌　著
RENJIAN YANHUO

责 任 编 辑　杨　旭
特 约 编 辑　张立云
装 帧 设 计　云上雅集
出 　 版 　 者　百花洲文艺出版社
社　　　　址　南昌市红谷滩新区世贸路 898 号博能中心一期 A 座 20 楼
电　　　　话　0791-86895108（发行热线）0791-86894717（编辑热线）
邮　　　　编　330038
经　　　　销　全国新华书店
印　　　　刷　长沙市精宏印务有限公司
开　　　　本　889 毫米×1194 毫米　1/16
印　　　　张　17.5
版　　　　次　2024 年 1 月第 1 版第 1 次印刷
字　　　　数　200 千字
书　　　　号　ISBN 978-7-5500-4835-5
定　　　　价　98.00 元

赣版权登字　05-2022-322

网　　　　址　http://www.bhzwy.com
图书若有印装错误,影响阅读,可向承印厂联系调换

目录

第一辑　人间烟火

第二辑 童谣远去

第三辑　回头望处

第四辑 行走潇湘

第五辑　岁月无痕

第六辑 日子温暖

当代作家、诗人评肖歌

REN
JIAN
YAN
HUO

人间烟火

——

第一辑 DIYIJI

人间烟火

◉

回老家过节

罗家桥面积约 1 平方公里
清澈小河穿村而过
今年，两岸的水稻喜获丰收
耕耘水田的是
出不了远门的老农
和十几头老黄牛
统计人口 967 人
过年那几天才显热闹
母亲已有八十多高寿
国庆长假
回到老家陪陪母亲
雄鸡站在瓜棚上高歌
我陪母亲拉拉家常
午餐时
一家人痛饮了一壶
自酿的米酒

春风得意

我苍老的面容

花白的头发

置身在融融春风里

暖风吹拂

比我老得多的那棵枫树

长出嫩绿的新叶

我们并肩站立

一起活成春天的风景

凭吊

今天从韭菜园北路经过
路边的香樟树朝气蓬勃
穿宽松校服的中学生
走在这条古老街巷
我驻足停留
在春天湿润的空气中
闻到自己已逝的
青春的味道
初恋的味道
身后的咖啡屋
飘出淡淡的苦涩

寄娘

老是梦见寄娘
穿一套水蓝色长裙
虽已是八百多岁的高龄
依然那么丰满水灵
罗家井是寄娘的大名
她在村西头的古树下守望
绿油油的青苔长满故事
哗啦啦的泉水
滋养着小山村的前世今生

为那些刚刚辞世的村民
鸣响与年龄相等的锣声
舀一瓢井水做最后的沐浴
精心擦洗人间的风尘
背井离乡的人们
总要背一壶井水踏上征程
离人的眼睛与古井对视
双方总是泪光盈盈

还记得 5 岁那年夏季的清晨
金木水火土五行缺水的我
妈妈牵着我来到古井
杀了雄鸡、撒了斋粑
点响鞭炮、磕了响头
拜下了这个多水的娘亲
寄娘把我的倒影搂在怀里
一直陪伴着我的灵魂

商道

在惊涛骇浪里
我总能
找到平衡

在平地上行走
却时刻
如履薄冰

地质发现

不管你有多高
撑起肉身的
一定是
坚硬的骨头

住进高楼的老村长

八十多岁的老村长
第一次坐了专车
打 120 叫来的救护车
第一次住进了高楼
医院外科楼二十八楼
住进高楼的老村主任
比起他的田野
这里，离天堂的距离
近了

到二舅家拜年

去二舅家拜年
孝顺的二舅
已在神龛上陪着外公外婆
外甥的来访让他高兴
居高临下地望着我笑
我问起二舅种下的杨梅树
问起二舅创办的薯粉厂
问起二舅喂养的两头水牛
表弟告诉我
杨梅园已长满荒草
水牛已上了别人的餐桌
薯粉厂的机器早已生锈
二舅死了
二舅真的死了
到二舅家拜年
再也喝不到二舅自酿的米酒

蚀

阳光满地
老妪坐在阴影里
日子是屋檐垂挂的冰凌

她满脸皱纹
张开的嘴
是一个无底的黑洞
慢慢在消化
不多的光阴

归隐

山
村庄
嚼着枯草的老牛
炉火旁打盹的猫
屋顶下
芸芸众生
在冬日黄昏
在寒雾中
静寂地
归隐

腊肉

我爱恋人间烟火
有浓浓烟火味的腊肉
让我怀念家乡
寒冬腊月的火塘
过年后母亲取几条让我带上
想家的时候切几片尝尝
漂泊的日子
有了油汪汪的光亮

家书

慢慢增多的白发
力透纸背的皱纹
挂在火塘的腊肉
酿制好的米酒
新剪的窗花
坐在屋门前纳着鞋底
一针又一针

这是母亲熟悉的笔迹
春节前的家书
耗尽了
母亲又一年光阴

土砖屋

土砖取自故乡的泥土
最终又回归泥土
土砖屋冬暖夏凉
一家老小，鸡鸭猪狗
热热闹闹共处一屋

现在
小洋楼与山水田园格格不入
真想再住进有泥土味的农舍
接地气
才是最好的归宿

添堵

路把车堵了
车把我堵了
我把心堵了

1962 年
出生在人口高峰期的我
把你堵了吗

选择

做一块沧桑的
石头
在冬日午后
躺在家乡的山坡
阳光温暖
昏昏欲睡
山脚是那条
安静的河

缝补

夜深人静
油灯下
走线飞针
我童年记忆里的母亲

缝缝补补
家，没有一处漏洞
一家人
过得温暖安心

疼痛

珠穆朗玛峰顶
万古不化的白雪
是我
深藏的疼痛

哪怕再修炼千年
手指磨破经筒
即或肉身已经死亡
唯一只剩下灵魂
还是放不下
对你的执念

诵你的名字如诵佛号
怎样的超度
才能穿越
你宿命的掌心

挂青

把七彩的纸
折叠成感恩
折叠成怀念
折叠成祭品
选择雨纷纷的清明
插上祖坟

这是莺飞草长的季节
耕牛与后生
忙碌着在祖宗的田地耕耘
挂青，挂出一个图腾
在这片热土上
生命之树依然常青

卖莲翁

在地下通道
偶遇
莲蓬新鲜，面容苍老

驻足拍照
他说：老家伙丑
还是照美女好

我双手合十
面对一尊坐地的佛
及脸上绽放的慈悲的笑

稻浪在梦里翻滚

泡桐花开满树
秧田平整如镜
昨夜，听了大半晚蛙鸣
它们扯着洪亮的嗓门
讨论天气与农事
赞同：水田
还是应该栽种水稻
稻花香里的丰年
到时，应由青蛙对外发布
我欣然入梦
坐在高高的谷堆旁边
故乡的山月，为我
拍一组童年写真

内心的花园

一把伞怎能撑住一座花园
努力建造一个屋顶
白墙青瓦的屋顶下，内心
比一杯绿茶更为平静
月色中飘来一丝笛音，几点犬吠
装点着木格花窗的剪影

你一袭旗袍，暗香浮动
用一杯清水养几盆水仙
几枝文竹，几株兰花草
穿越千年的古琴，在对视里
找到自己难觅的知音
满屋子绽放着不谢的笑容

外面的风霜雨雪只是风景
你把我种成一棵树
我把你种成一株藤
优雅地在星空下呼吸爱情
雪落无声，悄悄散落在头顶
执手，你我都是幸福的园丁

天气

自从住进城里
便很少关心天气
不像父亲一辈子住在乡里
他只在农历中行走，牵着庄稼
紧紧挨着二十四个节气

他读得懂天空的云霞
知道云往西雨凄凄
也能从燕子的飞翔里
一眼便看穿风雨的秘密
还常常提起那些天气的往事
如 1960 年那场大旱
从五月初十到七月二十五
两个多月没看到一颗雨滴

每天总是父亲最早打开大门
望望他的天空他的田野
对于田野正在灌浆的水稻
在父亲的眼里
今天，又是一个好天气

有娘的村庄才是故乡

娘在，家就在
有娘在牵挂着呢
有娘在天天盼望着
我回家喊几声娘呢
娘一见面又会说
崽呀，怎么又瘦了呢
饭桌上，娘忙不停为我夹菜
崽呀，娘做的饭菜香不
多吃点、多吃点

娘总笑笑地看着我吃
看着娘的目光
我吃什么都香着呢
就是喝口水心里都甜
我真想告诉娘
娘的饭菜能治我百病
娘的目光能抚平我创伤
都快六十岁的崽了
娘也已经是白发苍苍
娘呀，您可千万不能走
娘在，家才在
有娘的村庄
才是牵挂我的故乡

端午节的味道

田野拔节的禾苗
屋后疯长的艾叶、蒲草
我闻到了端午节的味道

这是个涨水的季节
池塘里水满了
小溪里水满了
每一条河流都翻滚着波涛
不只托起了龙舟
还托起了一个民族的自豪

母亲又开始忙碌
淘洗白玉一样的糯米
采摘绿得醉人的粽叶
这粽子里包着
腊肉、绿豆、红枣
分明还有
甲骨文、金文、篆文
天问、九歌、离骚

但母亲并不懂这些内涵
她只是让全家过好每一个节日
记住家乡的味道

祖坟山

我家的祖坟山
坐落在老家的西北角
风水格局是九龟寻母
山的周边有几口水塘
一只老乌龟静卧中间
九只小乌龟戏水四周

已故的祖先都安葬在山坡
有乌龟陪伴想必不会寂寞
现在只能确认到太祖辈的坟墓
更早的祖先已化为泥土
滋养了满山的青草与树木

年纪越大上祖坟山的次数
会渐渐增多
我送过疼爱我的奶奶
送别父亲是三十年前的深秋
送过我当铁匠的叔叔
前年，又送别我不该走的大哥

一条小路连接着祖居与祖坟山
这条小路曲折而坎坷

一头是生一端是死
距离很短匆匆而过
去年母亲被病痛折磨
她说：离龟形山一步步近了
我正尽力在把母亲挽留

新春

春天是我的老朋友了
熟悉雷声、雨声
种子破土而出的声音
长满新叶的林子里
小鸟在树枝间漏出的鸣叫
还有，嫩草与嫩芽的清香
脚下湿漉漉的泥土味道

走过又一个寒冬
再次相见
你把我都看老了

中秋夜月

我的人生已是由圆而缺
老父亲早已化为尘土
母亲也是风烛残年
我是他们的血脉
故乡月夜的种子
在这月圆的中秋之夜
一定漂泊回故乡的夜空
去烘云托月

雪山

冬天
山越高
总是最先白头
就像我
寿高的爷爷
顶着四季不化的雪山
让儿孙们顶礼膜拜

小寒这天

清晨

走在风雨中

在玻璃幕墙上

瞥见行色匆匆的自己

北风呼啸吹起大衣

真相是打在额头皱纹里

冰冷的雨滴

这画面呈现出残酷

更隐藏着禅意

年终报告

12 月 31 日
太阳站立山头
洒下温暖的句子
我坐在小院里
陪着老母亲
还有泡桐树上的喜鹊
菜地里的白菜萝卜
一年又平安度过
听太阳在做着年终报告

品性

母亲 80 多岁高龄
牙口不好
吃软不吃硬
其实她一生都这样
善不欺，恶不怕
阿弥陀佛

散步的爷爷

一边散步，
一边爱听二人转的，
是东北爷爷。
爱听黄梅戏的，
是安徽爷爷。
爱听河北梆子的，
是河北爷爷。
我爷爷爱听花鼓戏，
是湖南爷爷。
爷爷说：
人老了，在异乡，
也最爱听乡音。

星空

一颗星

一个亡者的灵魂

浩瀚星空

不只有我的列祖列宗

应该也包括

已经消逝的那些恐龙

那些猛犸象

许多未曾谋面的走兽飞禽

前天，我喂养的宠物狗阿土死了

哀悼它的两滴清泪

想也会变成

夜空的星星

年味

母亲在哪里
年味就在哪里
杀鸡剖鱼、劈柴蒸酒
儿孙满堂、绕膝而坐
人丁又添了几个
孙辈们又长高许多
点燃迎春接福的大红爆竹
在堂屋里设坛祭祖
敬天敬地敬祖宗
年味挤满团聚的餐桌

六月初六夜

那年，一弯新月
载着我来到人世间
上弦月，像是
一张微笑的小嘴

今夜，那一弯月儿
静静漂浮在湖面
几十年月缺月圆
沧桑得已是消瘦的下弦

长沙

母亲走了
回首时
仍对我慈祥地笑
我变成一个
没娘的孩子了
半夜里哭得泪湿枕巾
快六十岁的儿子
更怕没了娘
还好
只是在慢慢的冬夜
想娘做的一个梦

REN
JIAN
YAN
HUO

人
间
烟
火

——

第二辑 DI ER JI
童谣远去

◉

夜哭

狗在叫

孩子啼哭不停

母亲悄声说

还哭

白胡子老头儿

提个大麻袋

把你抓走

哭声随煤油灯

一口吹熄

小寿星

小蜡烛，
火苗红，
照亮可爱小寿星。
闭着眼睛许个愿，
睡进妈妈怀抱中。

生日礼物

大黄狗，
汪汪叫，
围着蛋糕尾巴摇。
今天宝宝过生日，
送来一根猪骨头。

影子的秘密

早晨，
我的影子向西边长高，
幼儿园在西头。

傍晚，
我的影子向东边长高，
我的家在东头。

奶奶来了

奶奶来了
奶奶真好
送我两只小蛐蛐
给我唱乡下的歌谣
摇头摆尾水里游
奶奶送我的小蝌蚪

酷夏

太阳也渴了，
伸长红舌头，
像我家的狗狗。

把门前小河里的水，
一天一天，舔瘦了！

月牙儿

月亮出生时
好小
小得像
一个女孩子的
微笑

吃相

我吃书
是用眼睛
在书香里品茶香
掩卷时闭目
打开心灵的窗
然后
关上尘世的门

光秃秃的树

脱下满身树叶
站在原地
假装不怕冷
假装睡眠
我知道
树在构思新的诗句
会发表在
下一个春天

月上东山

月亮
爬上东山值班
悄悄点亮
我家的灯火
还有
夜空的星星

我家的彩旗

婴儿的衣服
晒在阳台
那是我家
节日的彩旗
望一眼
总满心欢喜

小诗人

小夜虫，
落叶下面把诗吟，
一字一句真好听。
伸出拇指点个赞，
你们是一群，
最可爱的小诗人！

冬天的头巾

冬天来了，
天凉了。
枫树披上红色的头巾，
银杏披上黄色的头巾。
高山也爱美，
雪花为她披上，
洁白的头巾。

给风画像

摇摆的柳丝，
是春天风的长相。
翻滚的麦浪，
是夏天风的长相。
纷飞的落叶，
是秋天风的长相。
漫舞的雪花，
是冬天风的长相。
风是一位天才的画家，
今天，我来给风画像。

藏在妈妈肚子里

小弟弟，
好顽皮，
天天和我捉迷藏，
藏在妈妈肚子里。
姐姐现在捉不到，
再过两个月，
一定捉到你！

眼 神

看到婴儿
粉嫩的小脸
再硬的心
也会变得柔软
落下的眼神
像慈爱的观音

海上看落日

海上的落日
是颗圆圆的棒棒糖
融化到海水里
海水变红了
也会变甜吗

月亮的生日

海边的人说
月亮是大海的孩子
山里的人说
月亮是大山的孩子
我可以肯定
月亮是夜空的孩子
中秋夜是月亮的生日
月饼
是她最爱的生日蛋糕

小山村真热情

奶奶的小山村，
待客真热情。
母鸡忙下蛋，
公鸡忙打鸣。

抬头望夜空，
宵夜好馋人。
送我满天星星豆，
送我一块月亮饼。

雨急我不急

轰隆隆隆，
雷声打得急，
雨点儿不急。

呼啦啦啦，
大风刮得急，
跳舞的树不急。

哗啦啦啦，
大雨下得急，
踩雨的我不急。

二十三日的月亮

盛极而衰的月亮
学会了
隐藏住自己的锋芒
今天早晨我看到
在秋季的蓝天上
她已伪装成
一小片薄薄的白云

小松鼠的愿望

北风呼呼吹，
红叶掉满地，
黄叶掉满地。
小松鼠在想，
多想学一种魔法，
我吹一口气，
把它们变成，
送给穷人的金币！

好呀好呀

屋顶漏雨，
滴答滴答。
像是在喊，
坏啦坏啦。

爸爸上屋，
堵住它的烂嘴巴。
我拍着手说，
好呀好呀！

交给夜空

把自己交给故乡的夜空
便是交给了满天繁星
交给了屋角的那弯新月
交给了远处的几声犬吠
墙缝里的几点虫鸣
交给了香甜的空气
交给了辽阔的宁静
把自己交给故乡的夜空吧
在这清凉的秋季
手牵着自己的灵魂

秋夜的诗会

凉爽的秋夜，
飘荡着低吟浅唱的虫鸣。
那是被灵感点燃的小诗人，
诗会就在窗外的草丛。
每晚，我躲在被窝里，
静静地旁听。

净土

我赤脚
在故乡亲山、亲水
亲松软的土地
山溪水清澈透明
变一尾小鱼
在鹅卵石的城堡嬉戏
鸡鸣犬吠
是温暖的乡音
小鸟的演唱会
在绿荫蔽日的树林里
我跪在这梦中的净土
接受久违的洗礼

铅笔

铅笔
躲在文具盒里睡觉
上课铃声响了
才伸一个大大的懒腰

我带她在田字格里游戏
爬呀、爬呀
爬到美丽的彩虹上
爬呀、爬呀
爬到雪白的云朵里

最爱玩的游戏
是用点横撇捺的积木
搭成一个一个
俏皮的汉字
搭起一条长长的
成长的阶梯……

那些雾

雾
总爱在校园制造幻境
飘在茶子树山上
茶花是笑着的嘴唇
似乎听得到笑声
却看不见笑容
太阳出来
雾回到太阳里
我更相信雾是躲进了山坳里
有雾的早晨
寻找不回
那些有梦的青春

早起

每天
同鸟儿一样早起
我朗朗的读书声
酿着妈妈心里的甜蜜

当然，每天起床
我是第二
妈妈才是第一
她把对我的爱
煮进可口的早点里

种雪花

下雪天，
雪满天。
雪花种在菜地里，
雪花种在小路边。
等到夏季长成树，
哇，
满树雪糕凉又甜。

老人言

坐要讲规矩
站要讲规矩
走要讲规矩
到处有规矩
睡觉
讲不了规矩
你梦见了什么
床都不知道

与一只孔雀的对话

我落寞离去
你寂寞开屏

我的落寞
因未能见到
那个惊艳的场景

你的寂寞
憾错过了那双
欣赏的眼睛

笑

一起笑，
傻傻地笑。
不为啥，
就想笑。
嘻嘻哈哈，
好热闹。
反正明天不上学，
趁机睡个大懒觉。

桥

桥，
天天弯着腰。
背人，还要背车。

夜晚，
河对桥说：
累了吗？桥。
快来喝口水，
快来洗个澡。

桥
对河，
憨憨地笑笑。

果园

桃花红了，
李花白了，
春风笑着奔跑。

在鸟雀的歌唱中，
果园里那些故事
有了很好的开头。

让我俩一起续写情缘。
你娇倚我肩，说：好，好！

圣雪

白雪
总是飘落在
高山之上

如一位
新娘
不愿让尘俗的脚印
把她
洁白的婚纱弄脏

下雪了

好明亮，好寂静，
这便是南方的雪景。
兴奋的是一群
今年才出生的小麻雀，
一大早便在屋檐下
叽叽喳喳叫个不停。

菜地里的萝卜、白菜
探出好奇的眼睛，
像一群玩捉迷藏的孩子，
躲在雪被下一动也不动。
柏树上压满了雪，
看上去真像一排
站立的雪人。

下雪了，下雪了，
小姑娘戴上红围巾。
在洁白的雪地里，
妈妈忙着用手机，
拍下她快乐的身影。

脚盆里的童年

夜幕降临

把寒风关在屋外

房中的火塘里火星飞舞

吊着的铁锅里芳香四溢

一只粗笨的脚盆

一桶热气腾腾的水

我家四兄妹

分坐着四把竹椅

八只长长短短的脚丫

快乐地在脚盆里团聚、嬉戏

脚盆是母亲的嫁妆

寒冬里，情不自禁把它想起

月饼老了

儿时的月饼，香甜
一小块芝麻月饼
满足了整个童年
人老了
月饼苍白
老花的双眼
伸长脖子
还是看不清你的脸
今夜，一块月饼
放进嘴里
酸甜苦辣慢慢反刍
独坐长椅
那一枚月亮
怎么也吐不出
同过往的人和事，藏于
故乡神秘的云里

但愿

在这个下午
许多许多的但愿
嘴里飘出
一个个烟圈

窗外
数不清的雨点
湿漉漉的街道
一张阴郁的脸

那棵熟悉的樟树
今天没有化妆
树叶上挂满心事
同我隔窗而望

珠饰

把珠子串成诗
戴在手腕上
挂在脖子上

等月光来
等桃花开
等美女笑

秋夜

两枚成熟的果实
滚落在一起
榨出果汁
晚风
也有了甜味

稻草孵出的梦

深秋的那枚太阳
有稻谷金灿灿的温暖
家里那只老母鸡
在稻草铺就的产床
孵化着母亲世俗的希望

当时我的职业
是放牧一头劳苦功高的水牛
第二职业是躺在山坡
在蓝天白云和起伏远山之间
放牧一位山村少年的梦想

那头水牛勤劳、慈祥
我着迷于它父亲一样的目光
有太阳暖洋洋的抚慰
水牛在反刍着食物与往事
我躺在稻草垛上
格林兄弟陪伴我走进了梦乡

睁开眼睛是满天星光
一弯新月
在我家的晚炊里飘飘荡荡

踏着母亲的呼唤牧归
走进家门便听到
那一窝毛茸茸小鸡的欢唱

赤脚长大的孩子

小时候
衣服的意义
只为遮羞御寒

脚板生得贱
就让它们赤裸着
上山砍柴、下田插禾
去学校赶路
爬树上摘野果

贫穷给了我一双
宽厚的脚板
凭它们走出山村
进城穿上了皮鞋
几十年来
我一直走得很稳

噩耗

五月飞雪与晴空霹雳
在 1986 年 5 月 16 日同时发生
这奇异的天象让我恐慌
夜里老做些不祥的梦
刚过正午，飞雪里裹挟来
父亲病故的电文
手里的饭碗訇然落地
摔成插入地心的喷血悲痛

奔丧回到父亲的土坯屋
我慈祥的父亲
已有了肖公博文老大人的牌位
遗像旁的一对蜡烛
垂两滩凝固了的老泪
黑字把厚重的追思写在白纸上
父爱随燃烧的纸钱
化作一群灰色蝴蝶
抑或是一个不散的英魂

还记得 1979 年风调雨顺
一张湖南师院的录取通知书
被父亲丰收的箩筐挑回家中

阳光里，父亲的步伐格外轻盈
鸡鸣狗吠也格外动听
离家那天，两个男人碰出脆响
父亲拍拍我的肩膀，说道
"大学、大学，给老子大大地学"
我把烈酒和教诲喝进血液
从此，用父亲信赖的肩膀
自信地担起了自己的前程

长明灯在千年屋下摇曳
享年59岁，离花甲还差一年
一声晴空霹雳撕肝裂肺
山谷滚过隆隆的哀鸣
一股大风吹舞经幡
吹熄了那一盏长明灯

（父亲节，谨以此诗悼念父亲）

回家

在一张洁白宣纸上
回家
第一笔下去
是那一条小河
曲曲弯弯，弯弯曲曲
一步三回头

第二笔下去
是那条横卧的石拱桥
枯枯荣荣的青藤
长满剪不断的故事
连接小桥的
是青石板小路
夜归人踏响的足音
小山村在怦然心跳

画几缕晚炊
悠然升起
几滴热泪却悄然落下
在故乡的画面上
氤氲出一大片
梦境似的倒影……

变调

记忆倒塌成
瓦砾满地的废墟

流水带走了
小码头的捣衣声

过年的新衣裳
怀念那位作古了的裁缝

鸡鸣犬吠，怎么听
都像变调的乡音

好想，能找到那方天井
白天看云，夜晚望星……

农家历

每年
都要买一本农家历
不是提醒自己
不误农时
而是提醒自己
不能忘了远处的村庄
生我养我的那块土地

小工

小工不小　头发花白
裸露的脊背呈古铜色
三大包水泥压在肩头
一级一级往楼上走
秋初闷热
他挥汗如雨
粗重的喘息
差点儿把我从楼道
沉沉击倒……

扶贫

我天生见不得可怜的人
这一点　特像我母亲
这次扶贫走进靛房镇
一残疾的老婆婆
接过我装满爱心的信封
没藏住老泪纵横
十多个品学兼优的孩子
我告诉他们
我也出生在偏僻山村
在操场上同他们一起
仰望一只翱翔在山顶的岩鹰

偷凉

夏季
在热浪翻滚的街道赶路
有冷气冒出的地方
必是豪门

深山老林

扑面而来的
是一座接一座山峰
一片连一片森林
偶尔遇见一个山村
最难见到的
是人

良药

今天突然安静

那些歌声、笑声、书声

像小鸟儿从窗外飞走

那可是我治病的良药呀

感谢病房外一墙之隔的学校

病树前头万木春

病树也有了生命的欢笑

盼着星期一的到来

我要站在窗前

亲切地道一声：同学们早！

故乡宁静

田野宁静

萝卜、白菜绿油油喜人

村庄宁静

赶上为 90 大寿的满奶奶庆生

隔壁三叔选择 10 月 3 日

把儿媳妇娶进了家门

星空宁静

目送一行大雁向南飞行

回母亲身边度假

故乡宁静，我心平静

此中有真意

那年
我家那一只大公鸡
在门口未干的水泥路面
留下一行匆匆的脚印
像一片片竹叶
像一串"个"字
当时,它是想刻下到此一游
还是给母鸡们某一种指引
十多年过去
这行脚印依然清晰
每次回老家
我总会蹲下身子读读
一直想读懂这行诗句的深意

下乡去

当个逆行者
从城里下乡去
顺应天时
沉睡一冬的土地
早在春雨中苏醒
做一粒简单的种子
去父辈耕种过的水田
发芽、生根
听听身旁的蛙鸣
望望头顶的星空
夫复何求哉

下弦月

早起的人
才能读到下弦月
一定要去山村
有打鸣的雄鸡
衬托清晨的宁静
有晨雾飘忽
营造出人间仙境
一弯下弦月锚在东山顶
载来一个霞光万道的黎明

站在故乡的河岸

五月的河流
踏着泥泞步入青春期
洪水叛逆
以鲁莽的姿态
突围河堤

一河梦想
变成五彩卵石写在河底
站在故乡的河岸
我泪水奔涌
在心里翻阅着
记录自己青春的
一页页日记

今年端午

端午无雨
故乡的小河清澈平静
辣椒树开满洁白小花
禾苗在田野绿油油喜人
南瓜藤、冬瓜藤
正奋力向瓜棚攀登
现在，我陪着老母亲
并排坐在自家门前的地坪
就着一杯清茶
就着楠竹林投下的树荫
慢悠悠说起远方的故友亲人

交流

漠漠水田老父亲身披蓑衣驾着
低头拉犁的老水牛
牛背上站着几只
不善言辞的黑八哥

父亲不时同老牛交流
语言简短　溅起水花
我好难过
父亲同老水牛说的话
要比同我说过的话多得多

乳名未曾老去

在老家过年
好多乡亲
都是几十年未见
岁月老去，房子老去
熟悉的乡音唤我乳名
我的乳名
在我的故乡
一直未曾老去……

罗家桥

这是一座桥
一座青石砌成的老拱桥
老到，村子就叫罗家桥

姓罗的家族去了哪里
桥下的流水都不知道
桥，成了全村人的遗产

桥上走过了朝朝代代
依然骨头硬朗，驼背弯腰
村庄还在，桥不会倒

每次回家，总要到
桥头坐坐，桥上走走
桥像一位仍健在的老前辈

只是今天，我看桥
不只是桥

那些山

跟着母亲上山
上一座山，便记住
一座山的名字
长大岭、凡家堆、芙蓉峰
故乡便在心里立体起来

大山总给我奖励
刺莓、木薯、山枣、板栗
尝遍甜酸苦辣
今天，我仍感恩
故土赐予的种种滋味

月夜

几声鸟鸣
在月夜飘落
此时，我躺在床上
翻来覆去
满脑子都是
故乡月下的小河

古树

古树
慈祥地站立在村口
乡愁
总爱在树上
筑巢

金生太婆

金生太婆
今年九十九岁高寿
我去给老人家拜年
她笑着给我让座
老人家二十五岁守寡
吃过的苦
比罗家桥河里的水多
如今已是五世同堂
除了村口那株老樟树
就数她活得最久
仁者寿长
我握着老人家满是皱褶的手
明年您满百岁
一定回来喝您的寿酒

水落脚村

有水落脚的地方
田里的庄稼才有活路
山上的树木才有活路
坡上的小草才有活路
路边的野花才有活路
猪牛羊六畜们才有活路
鸡鸭鹅家禽们才有活路
这样，村庄才有活路
村民才有活路
安排到这个村子里扶贫
不能愧对了这个地名

背影

我在时光中远去
只留下背影
不要追
那隆起的坟茔
也会被岁月抚平
有空，你去山坡上坐坐
听一听蟋蟀的歌声

熬夜

慢慢儿熬
在黑夜的大锅里
一把日子，听秋虫欢呼
不急不躁
过往那些坎坷脚印
那些白眼、狗眼
远方某棵树、眼前某棵草
放进锅里作为调料
汗珠在草叶上闪烁
芳香的光芒把我笼罩
雄鸡，在故乡嘹亮报晓

DI SI JI
第四辑
行走潇湘

立夏

此时，我在零陵古城
一碗热腾腾的砍肉粉
伴着潇水岸边清晨的鸟鸣
有滋有味品尝时光的美好

好日子就像这碗美味的粉
看起来长长的
不觉中被自己吞了个干净

紫鹊界梯田

种稻谷的水田
也会爬山
一梯一梯地爬
从山脚一直爬到山顶
不见它们喘一口粗气
每一丘水田都平静如镜

在山顶的村道边
遇上一个卖紫米的老农
他额头上一道道皱纹
是另一种梯田呀
他在耕种着自己的一生

听溪

小溪藏在峡谷中
小溪藏在树林里
能听到她哗啦啦的歌唱
却看不见她的踪影
我们站在山坡上听溪
顺便，也听一听鸟鸣

听泉

拾级而上
去岳麓山
听泉
冬季干燥
这泉音，能把清流
引到心田
山下
城池浩大　今天
我是一株小草忘忧泉边

杜鹃花讯

阳明山的花讯
总能传得很远
也许是那火红的杜鹃

盛开在海拔一千多米的山顶
也许这花香能传送
千年禅寺万寿寺的暮鼓晨钟
也许这些杜鹃
每天相伴着蓝天白云
在这片净土上未染纤尘
每年五月
四面八方的游客
如朝圣者一样涌来

来赴一场云端鲜花的盛宴
阳明山的杜鹃花
把整座山头映红
我分明看到一群
披着或红或紫袈裟的弥勒
在飘忽的山雾里整齐吟诵着
一部血书的佛经

今天，我们如此亲近

几十年来
我只把这座山当成车窗外
一闪而过的风景
就如我隔壁的邻居
最多在电梯里相逢一笑

今天，深入大山深处
登临那一处绝顶
坐看山谷中风起云涌
听千年古寺的悠悠佛音
流泉飞瀑荡涤灵魂的灰尘
与树木共呼吸还我一身清新

我要带上一包山中的云雾茶
回去后，一定去
敲开邻居家的那一扇门

向导

攀登一座陌生的大山

紧随一条往低处流的小溪

一步一步往高处走

在断崖处肯定有壮观的瀑布

溪谷中一定有好看的石头

凭我的经验

去爬一座高山

一条快乐的小溪

绝对是

最热情、可靠的向导

泼彩壶

搓泥巴的手
大笔一挥
瓷坯是一张发黄的纸
在烈火中洋溢激情
春山的绿秋山的红
定格在壶身
这是一壶千年的美酒
把我醉倒在铜官古镇

花明楼

我热爱阳光的事物
花明楼，这个宁静的小镇
一听这名字我就心动
即使是寒冷的冬天
依然如沐春风
少奇主席夫妇
曾在故园盛开的桃花里合影
盛开的还有他们纯真的笑容
路边的油菜绿油油喜人
在田间施肥的老农
让我想起勤劳的父亲
幻觉中金灿灿的油菜花开了
满眼都是柳暗花明

灰汤鸭

落汤鸡
碰到灰汤鸭
灰汤鸭
泡着温泉水长大
在田埂上快乐摇摆
成群戏水在江河湖汊
怕水的落汤鸡
还比不过丑小鸭

炭河古城

炭河已是枯水季节
满川的鹅卵石
露出美丽真相
青铜的气息
时光氧化出的黑漆古、绿漆古
让我们想起遥远的先人
想起那些沉睡的事物
心生敬意。脚下的土地
更觉厚重
羊是吉祥之物
四羊方尊在这里重见天日
穿越三千多年那咩咩的叫声
从四面对视你善良的眼睛
把我们高贵的基因唤醒
在枯水的冬季
我内心的河流开始汹涌……

道林

茂密的树林
静谧。空气清新
这是一处绝佳道场
灵感长出翠绿的嫩叶
林间的山溪水
突起的一声鸟鸣
布满青苔的通幽曲径
山花间有翩翩蝶影
远离尘嚣，遁入道林
今天，道林的山风
为我翻开美妙人生
来了雅兴，吟咏一联
同水相依生智慧
与山为伴添仁心

一只唐代的麻雀

书柜上
供着只唐代的麻雀
盛世的谷物
养肥了它的腰身
褐色的羽毛
依然光彩照人
当年，长沙窑工
烧制这种恋家的小生灵
送给儿孙作玩具
或送给离家远行的游子
让他们时时听到
自家屋檐下
叽叽喳喳的耳语

青瓷

满目的青
比绿深沉
比蓝厚重
钟爱青色的长沙窑工
用松木的烈焰当笔
呈现出江南
恒久的风韵
青布衣，青色瓷
青瓦屋下烹茶
青瓷如镜，映照着
此处
烟雨青山的背景

铜红彩

梦想怎样才能成真

譬如，在瓷器上烧造出红

红是七彩之首

在湘江边一个叫铜官的窑场

土与火的对话灼痛灵魂

祈祷和柴禾为龙窑加温

铜在烈火中舞蹈

窑工挥汗如雨

飘洒在千年后的天空

当夕阳染红一江秋水

瓷器上的红彩

从此，照亮了

世界的眼睛

窑址

堆积如山的碎瓷片
划伤了我的眼睛
烟火味永不消散
湘江依旧北去
瓷片上一枝残荷
让我听到
一千年前的雨声
油盐酱醋茶
一直在瓷器里盛放
千年窑址
我触摸到
生活不变的体温

关山月色

天还未黑
早在东边天空静候的月亮
淡定成薄薄的一片白云

今天，农历五月十一
我从城市的喧嚣
跳进古镇关山的鸟鸣里

仰头深深呼吸
穿越晚风与树梢
这个傍晚，我却难以淡定

青山桥

有青山就有绿水

有绿水必有桥

小桥流水

竹篱农家

听黄鹂鸣翠柳

看白鹭上青天

读一行行古诗

我脑海里出现的

总是青山桥的风景

流沙河

大浪淘沙
难得见到这条小河的大浪
却能见到满河流沙
这里曾经应是一片浩瀚的大海
每次从小镇经过
我总用心倾听
远古的涛声

双凫铺

一双水禽
双飞双憩
在碧波粼粼处嬉戏交颈
这是一个浪漫的地名
听说，双凫铺的女子
遗传了这基因
自古美貌而多情

老粮仓

总想去看看那座粮仓
仓里的粮食
养大了这个古老小镇
老粮仓是找不到了
留下一个
没有饥饿的地名

横市

有市便有铺

有铺便有店

进得最多的是四宝饭店

酸菜火焙鱼

青椒花猪肉

老板娘四宝好厨艺、好笑脸

有这样一家想想都咽口水的饭店

横市至今都让我惦念

知青广场

在小县城里
广场算大
树龄五百多年的两棵古樟
依然枝繁叶茂地生长
一座纪念碑是广场的标志
四千六百多个知青的名字
整齐排列在大理石的碑身
我被这些密密麻麻的名字震撼
这个看似够大的广场
怎么列得下这一群人的
故事与青春

阳明山

一群内心阳光的朋友

今天相约去阳明山

追寻阳光的那一面

山雀子的叫声清脆

竹笋拔节的声音清脆

溪水的奔跑声清脆

阳光从树叶间跌落山坡的声音清脆

我们呼喊大山的回声清脆

万寿寺，和尚敲击木鱼的声音清脆

站在山顶，阳光把我们镀成

一尊尊如佛的金身

满山的杜鹃花

盛开成一片灿烂的红云

阳明印象

这是我们昨晚投宿的
那家客栈的名字
留下印象的不只有
老板娘的热情
不只有客舍的整洁干净
不只有屋后那片
开满山花的森林
送给我空气的清新
和窗外夜空满天的繁星
留下最深印象的是
清晨，几只打鸣的公鸡
把我从宁静的睡眠中喊醒

走进一片森林

清凉山风

把我引进一片原始森林

高大的马尾松、云杉、银杏

树梢高举一朵朵白云

兰花草在山溪边吐蕊

小鱼浮游如入无水之境

不时从林海里

溅起几声清脆的鸟鸣

蝴蝶在花丛里翩翩寻梦

每一个生命都自由呼吸

自在自信是我读到的表情

我深吸了一口林子里的空气

挺直了自己佝偻的腰身

愚溪如镜

面对愚溪
真想变成一块磐石
沉在溪底
静静地坐禅、荡涤
养一身浩然正气

真想把自己种成一株
岸边的垂柳
低下头来反思
在禅意的水面
好好照一照自己

今天，我从溪上的小桥
来来回回游走
从此岸到彼岸
从彼岸到此岸
看似很短
其实，隔着几辈子的距离

老宅院的风水

一座早已老掉了牙
老得发旧发黑的老宅院
突然风生水起
八方游客如云
正厅里供着的
虽是周家祖先的牌位
也供着流在血脉中的记忆

这老宅子风水好呀
能静听山水清音
遥看炊烟升起
几十代人
在这祖屋里繁衍生息
两件事读书耕田
是老宅院不变的主题

走进老宅
细读着木格花窗
那些长满青苔的天井
灶台烟火和神龛香火
温暖着灵魂与族谱
阳光破云而出
将我的剪影
同老宅院融为一体

与古树结缘

萍洲岛上的古树
我伸开双臂
怎么也拥抱不下
它们的腰围
只好全都移栽进心里

回家，老祖宗一样供奉
我卑微的灵魂
终于有枝可依
寄生于苍劲枝头
从此，与古树一起呼吸

这一段善缘
如佛祖的神示神启
每一圈年轮
每一块树皮都是一行经文
在这个春季把我超度

小石潭的鱼

小石潭的水
无色无味像零陵的空气
那群"皆若空游无所依"的鱼儿
总是游进我的梦里

在梦里，我也是一尾鱼儿
与小石潭的水
紧紧相依
灵魂干净自在
嗖地从潭水中跃起

尽收眼底

攀登而上
站在
喜马拉雅山顶
相伴着
一片雪花、一朵白云
五大洲、四大洋
尽收眼底

山谷里村庄的炊烟
战火起处的硝烟
蒙古草原上
牧羊女头上插着的野花
叙利亚村子里
一个大眼睛的小男孩
手里捏着半个面包
尽收眼底

尽收眼底还有
黄种人、白种人、黑种人
老虎、大象、苍鹰
银杏、紫檀、小草
相似或不同的故事与命运

此时，在弯弯山道
一个大山般苍老的朝圣者
正转动着经筒在艰难前行……

游山

女儿去游山
她看一棵树
听一条瀑布的样子
我不去
也知道

品茗

一泓清泉
在今天
变成了奢侈品

朋友奢侈
坐拥一间茶室一眼泉井
在岳麓山的香樟林中
清泉甘洌、绿茶香醇
一袭旗袍的茶艺师
让杯中的风景更加醉人

走进常宁

常常渴望心灵平静
常常祈愿人生安宁
我早就该到常宁去
走一走、看一看、想一想
巍峨雄伟的塔山
大山深处的天湖
款待我们的粗茶淡饭
村民脸上怡然的笑容
同行诸君
在政、商、学界摸爬滚打大半生
今天，一起在常宁
这一方山水让我等
前所未有的快乐轻松

致歉天湖

我不该打扰你的平静
不该打破湖面青山的倒影
不该让山坡上的村庄
在水中扭曲变形
还有山顶飘浮的白云
在心里扯一片
默默擦擦落满灵魂的红尘
然后，再悄悄地离开
你是一面镜子
让别人也能照见自己真实的面容

风雨桥

在风雨桥上
真的遇上雨遇上风
感觉桥在移动
其实移动的是
滚滚而来的山洪
有土家阿公阿婆
在桥上卖着山里的特产
他们脸上的皱纹里
流淌着淡定的笑容

里耶秦简

一口尘封的古井
没有掏出秦时明月
却在一片片木简上
打开了秦代
这个叫里耶古城的剪影
九九乘法表
远古的算盘声令人吃惊
记录公文的官吏
无聊时信笔画上两个小人
仔细辨认一行行文字
秦简上跳跃着不朽的文明

山庄

一个山庄
坐拥连绵山峰
山峰上数不清的树林
我们是傍晚到达
迎接我们的有几缕清风
一壶清茶、点点蛙鸣
同行者议论
此处最适合修身养性
下回来可带几册图书
带一支竹笛
还有一根拐杖用来叩问灵魂

第五辑 DIWU JI

岁月无痕

我家的报春花

其实，江南的冬天
从来都不缺绿意
在春风里吐翠的柳丝
不会给我太多惊喜
柴房里年前孵的那一窝小鸡
叽叽欢叫着
在春雷声中毛茸茸绽放
刚学会蹒跚走路的孙子、孙女儿
欢欣雀跃着
给小鸡撒一地洁白的米粒
这才是我家报春的花朵
一个新的春天
走进了我家的屋里

岁月是块磨刀石

柔软的
一天比一天柔软
柔软得
母亲的一朵泪花
就能把自己击中

坚硬的
一年比一年坚硬
坚硬得
敢注视父亲
临终时的眼睛

母亲节路遇

在花店门口
我停下脚步
一个穿校服的小姑娘
用心选了几枝玫瑰
几枝康乃馨
几枝满天星
我恍惚看到
那位惊喜的母亲
从花束里绽放的笑容
还有爱的星光
闪耀在这对母女的头顶

橘子

金黄的果实
挂满春天的橘园
这是比花朵
更醒目的呈现
为每一个季节都有收获
我默默耕耘在
每一天

不说再见

聚会的时间总是太短
每一颗星星
注定都有不同的轨迹
不需说再见
那些没有说完的话语
都藏在
这一张团聚的合影里

聚会

几十年不见
聚到一起
有些人
已是相互认不出来了
旧时的模样
遥远的往事
倒是
越来越清晰

三打哈

退休后的岁月
主要是娱乐自己
四个退休老同事
得闲便聚一起三打哈
老王说：在位时
做了好多蠢事、傻事
现在闲下来了
好好打掉身上的哈气

发现

不管金发

还是黑发

在岁月的风霜里

都将染成

满头白发

旧时光

过去的那些旧时光
变成了
手里的一块抹布
把眼睛擦亮
对人世看得更清
把灵魂擦亮
好照清楚
最难看清的自己

欲望刹车

闷热
想风，想雨
旅途中
真的要风得风，要雨得雨
无奈风是狂风，雨是暴雨
大雨倾刻把路下成了河
风刮得车玻璃的水往高处走
这突来的凉爽让人心生恐惧
我赶紧打开警示的双闪
不断点踩欲望的刹车

泡泡

拐杖拄在手里
一条鱼
拎在塑料袋里
鱼
再也吹不出泡泡
走在垂暮老者的身后
我看到
拐杖缓缓敲击
在昨夜积水的路面
敲出一个一个泡泡

邻里情

喜鹊一家
筑巢在窗外的泡桐树上
整个冬季
我生活在温暖的屋里
无一片树叶为喜鹊挡雨遮风
我为无力帮助邻居
常常心怀愧疚
每天听到喜鹊的叫声才会安心

春天终于来了
泡桐树开出洁白的繁花
花香弥漫　阳光温暖
幸福在喜鹊的叫声里绽放
我的邻居，我为你们感到高兴
今晚，在花香里
我们都会睡得香甜安稳

山村夜宵

一块月亮饼，
一把星星豆。
山村好热情，
端上一天空，
美味的夜宵。

换季甩卖

再过几天就要立秋了
沿街的时装店
又变成了换季大甩卖的主题

我也走进了人生的秋季
能甩卖掉点什么呢
今晚，我会回家去
好好清理清理

真想迷路

大半辈子走得四平八稳
从小学初中到高中大学
从山村走进城市
工作结婚到生子做父亲
有时，好想自己能够迷路
误打误撞走进世外桃源
即使是一座深山里的小庙
偏离方能遇见惊喜
自在如一片修行的白云

家当

家里有两件重器
父亲的谷仓
母亲的板柜
谷仓装粮
板柜装被
有父母在
不用担心饥寒
从不惧怕冬季

问路

我迷失在这座陌生的城市
一条繁华而陌生的大街
打开手机百度地图
她亲切地引领我
找到了宾馆的住所
导航结束
我对着手机说了声
谢谢

晚汇报

母亲患了脑栓塞
但阻不断对远方儿女的牵挂
行动不便的母亲
一到傍晚便守着电话
喂，妈妈今天您还好吗
好、好，我好
虽然口齿不清
母亲却总把声音提高洪亮
母亲底气足
夜晚，儿女心才有地方安放

暮色

每天傍晚
在小区的院子里
总能遇见
一个精瘦的老头
和他那只
胖乎乎的小狗

小狗不断地抬腿撒尿
遇到一棵树
或一块路边的石头
它闻到自己的气息
像遇到自己的灵魂

垂暮的老头
有主人的小狗
总是
悄无声息地
走进无边夜色

真相

夜空
越来越拥挤
高楼林立
星星和月亮
在都市
颠沛流离

星空

一颗星
一个亡者的灵魂
浩瀚星空
不只有我的列祖列宗
应该也包括
已经消逝的恐龙
猛犸象、三叶虫
许多未曾谋面的走兽飞禽

前天，我喂养的宠物狗阿土死了
哀悼它的两滴清泪
想也会变成夜空的星星

听琴

在琴弦上
拨动一幅心境
惠安沉香
在宁静时空
一缕缕青烟
沐浴着灵魂

绿茶与泉水
默默对话
品味亲切的高山
山间云雾变幻
竹林里的鸟鸣
诵佛一样的阵阵山风

品茗人
禅坐于青石
冥想成
夕阳下的剪影

发烧

淋了场雨
肉身浸入寒气

发热是物极必反的表征
早已知天命
自然冷静得出奇
今天，又体验发烧的滋味

这片土地本来热点够多
发烧友也多如蚂蚁
罪过，罪过
赶快用冰毛巾盖在额头

因为思念

夜，柔情如灯
一根一根纸烟
思念深入肺腑
相遇，在时光中永恒

悄悄将下弦月
挂在窗前
长发是飞扬的柳丝
一幅触目惊心的风景

清白

一株萝卜一棵白菜
用中国写意的水墨
种在宣纸上

毛笔字入木三分
庄严地题上画名
清清白白做人

两种家常的小菜
挂在堂屋里
生长成不败的家风

一就够了

满坡的桃花
春天的风景
日记本里一片花瓣
珍藏着青春

古老的长沙城
越长越大
我只需一扇窗
取湘江一瓢饮

诗屋

该造一间怎样的屋
让诗歌来住呢

这屋应有彩虹的色彩
应有眼眸一样的窗户
应有会唱歌的大门
应有母爱一样的温度
每一面墙都是稿笺
诗人们写满真情的诗句
这里有最醇厚的美酒
炉子上架着飘香的茶壶
这里用纯净的圣水
为灵魂沐浴
用温柔的手掌
拂去岁月的尘土
宁静的夜晚
可以到屋后的花园里漫步
夜空中高悬着唐朝的明月
小夜虫唱着元代的杂剧

我不知道该造一间
怎么样的屋
能让天下人
都诗意地栖居

冬至

雪落高山
头，是海拔最高的峰顶
初雪，率先降落于两鬓
耳朵是不屈的旗帜
冬至凌厉的脚步
阻不断它们
听到春天渐近的足音

今天，虽然身处邵阳
阳光一样不见踪影
青春、爱情、人生
吹落些果实在匆匆旅程
冬天已经走到极致
白昼看似短命
我坚信
一个个生命的奇迹
正在荒野悄悄降临……

我死那日

那是寒冷的冬季
把自己泡在茶壶里
喝饮着过往的点点滴滴

又在想你、念你呢
心也跟我在受累
那么多喜怒哀乐
年复一年的日日夜夜
多不容易，它想好好歇歇

我说：我们都休息吧
心脏睡觉了
它从没尝到过睡觉的滋味

落花时节又逢君

再次相逢
你走到多年后
我站在多年前
四目相对
你不再脸红
我依然心跳
可好、可好
身旁一江春水
落寞春色

乘坐 301 路公交车

今天心情真好，弃了私家车
特意乘上了 301 路公交
售票机传出爱心卡的呼叫
这些满头白发的老人
大多在菜市场的那个站下了
我前头坐着时尚的美女
正抿嘴对着手机屏幕浅浅微笑
一个中年的包工头
用方言大声地打着电话
像是领导在台上作报告
大家拥挤着，心安理得
车窗外的街景晃晃摇摇
301，一条固定的哲学路径
携带着沾满市井味的概念与名词
在各自的命运里匆匆奔跑

高手

一鞭子抽醒梦中人
王大爷的鞭子稳准狠
硕大的陀螺
在晨曦里旋转得毕恭毕敬
这种团团地旋转
让他想起往昔的光景
在小区的花园里
老爷子一手叉腰一手执鞭
邻居们都知道
他是一位退役的将军

下雪了

你那里下雪了吗
你问其实你是告诉我
你那里正在下雪
此时你正托着下巴看雪花
雪花也只是背景
你眼里看到的
是去年留在雪地的那两行脚印
堆在雪地里那个像你的小雪人

叙事

竹影在窗棂上叙事
山雀在林子里叙事
阳光在绿叶上叙事
山风在峡谷里叙事
同唐君蒋君围桌而坐
我们在一杯清茶里叙事

禅床

医院的白色床单
是一页无字天书
躺倒在这张床单上
我在读着
自己的大半生
点点滴滴，滴滴点点
像寺庙里的木鱼声

入耳入心……

致敬

绿化树站得笔直
路灯杆站得笔直
吊车和脚手架站得笔直
走在林荫道
我向炎炎烈日下
挺直脊梁的万物
致敬

年怕中秋

日子像树叶

哗哗落下

人到中年

像北极熊在拼命刨食

准备冬眠

心里头捂着的余热

还能帮牧童

点燃一堆野火

顺便照亮自己

皱纹纵横的颜面

此事古难全

有心，无力
是痛苦的
有想法，没办法
是痛苦的
我隔壁几个牌友
今天三缺一
缺了一
注定只能摇头叹息

11月8日的小确幸

阴天
多云
上班途中
眼前突然一亮
一缕透过云层的阳光
追光灯一样
打在我身上

民企座谈会

寒冬将至

乡村已是农闲时节

民营企业家

坐在一起抱团取暖

谁都想活着

等来年的春天

我听到窗外

纷飞的落叶也在发言

歇午

父亲靠在门框上

低着头

打盹

额上一行行皱纹

醒目呈现

这个正午

我突然变得深刻

我心见佛

今天天气凉爽
住院部后的花坛
弥漫玉兰花的芳香
穿病号服的儿子
埋首吃着白发母亲送来的饭菜
食物与情感供养我们长大
那一双慈爱的目光
能保佑一生安康

岁月

年轻时
步履匆匆
像马不停蹄的秒针

中年时
负重前行
像犹豫不决的分针

暮年时
闭目养神
像似睡非睡的时针

街景

从家里到单位的距离
约三千二百步
途经二十六栋建筑物
大小一百六十多家店铺
街道边的公交站、绿化树
熟悉到每一个眼神
就算是打过招呼
擦肩而过的人
才是变幻莫测的风景
有谁又会在意
每一张脸上展示出不一样的心境

走进园区

危机四伏的季节
机器雪上加霜
走进家乡的工业园
一个个车间
机器轰鸣
置身其中
如听到家乡的心跳

立冬日

柴火生得正旺
锅里炖着羊肉
满屋子清香
小板凳承受着
两位老人的暮年时光
冬天又到了
红彤彤的火苗
默默抚慰着
无言的白发与沧桑

门上的娃娃

每间产房的门上
都挂了娃娃
吉祥而喜庆
挂女娃娃的产房
生的是女婴
挂男娃娃的产房
生的是男婴
女儿的产房门上
挂了两个娃娃
一个穿裙子的小女生
一个穿背带裤的小男生

放下

我裹在襁褓中的
孙子、孙女儿
爷爷放下手中的一切
只为把
四世同堂
抱紧在自己怀里

全家福

左边是爸爸，
右边是妈妈。
女孩像爸爸，
男孩像妈妈。
两张大脸蛋，
两张小脸蛋。
紧紧挨一起，
笑成四朵花。

小司机

奶奶推着婴儿车，
车里坐着小宝宝。
宝宝自己来推车，
推着车子飞快跑。
车子一路跑，
奶奶一路笑。
真是能干的乖宝宝，
自己能当司机了！

买菜

四个老奶奶，
一起去买菜。
李奶奶买萝卜，
王奶奶买白菜。
肖奶奶买豆角，
张奶奶买海带。

虚相

粼粼水波在对面墙上荡漾
还有灯影还有月光
晚上我站在阳台上
看到了这一景象
水有菩萨心肠
在炎热夏季爬上玻璃幕墙
人心总向着高处走
真相在楼下那口水塘

人工降雨

干渴的夏季
台风吹来一朵降雨云
一排炮弹瞄准升空
雨便欢喜地下起来了
想起乡下哭丧的人
伤不伤心不打紧
只要流出来的眼泪是真

深情厚谊

老朋友请客
酒杯举在手里
望望娇妻和爱子
祝酒词不同凡响
我敬老哥一杯
今天，我带来了这辈子
全部的家当

隔代亲

我隔壁的左爷爷
孙子远在千里之外
每次等装满了大包小包
便把自己交给
一张普通的火车票
他说：高铁票贵
我的时间反正不值钱了
这样，可多到孙子那里跑跑

元旦

今天是个承前启后的日子
母亲是前我是后
儿女是后我是前
这日子
适合长幼有序围炉而坐
适合炖一只母亲喂养的土鸡
炒几样自家菜地的萝卜白菜
家常菜配着家常话
我不断在火塘里添着干柴
火光在屋子里窜起老高

取暖

冬夜寒冷漫长
总得找一种方式取暖
如在荒野
可点上一堆篝火
在城里用暖气、空调、电烤炉
凭想象生出红彤彤的火苗
什么都比不上老家的火塘
干柴烈火火焰上窜
火光映红一家人的脸庞
火星飞舞出夜空的景象
挂在上面的腊味满屋子生香
那种温暖直抵心房

仰望

你是初夏头顶
那晴空万里的蓝
蓝得没有一丝杂念
我是从故乡山坡
升起的那朵白云
悄然飘荡到你的天空

脚步为亲

好不容易
几位老友聚到一起
平常虽常有电话、微信
同一座城市也有距离
分别时，大伙都说：
脚步为亲呀
再忙还是要多走动走动

艳遇

中午，在酒店就餐
一颗蒲公英的种子
飞进我的碗里
这突来的艳遇
让我犹豫了一气
最后，大家相视而笑

既然缘分到了
还是把她吃进肚里吧
故事，有了喜剧的结尾

每一个婴儿令我欢喜

在楼道里
遇见邻居家的婴儿
躺在年轻母亲的怀里
扭头望着我甜甜地笑
我心生欢喜
摸摸他的小脸蛋
慈爱在指尖温暖传递

女儿说：
想做爷爷的老爸便是老了
想想还真说得在理

两个宝宝一个妈

一根滕开两朵花，
两个宝宝一个妈。
一个帮妈妈捶背，
一个帮妈妈递茶。
抢着要妈妈抱一抱，
争着让妈妈夸一夸。
两个一起喊妈妈，
比比谁的嗓门大。

证婚辞

结婚证
是一个家的出生证
加油干吧
等你们的儿女出生
好字写成
家，便成了父母眼中
期待的风景

滑滑梯

一群老大不小的人
在一个神奇的山坡
滑一回滑梯
从上至下
只有三百多米距离
却一滑滑进了童年的梦里
笑声只因为自己开心
尖叫只因为自己惊喜
今天，我们在滑梯上
都不用作戏
一场童年的游戏
让我们笑出泪花
当然，也许是被山风吹的

胖胖的小手臂

弟弟的小手臂，
胖嘟嘟的
像截洁白的莲藕。
姐姐抓在手里，
忍不住
轻轻咬上一口。

日子飞长

今年老家屋后的
一棵棵春笋
这次端午节回家
已出类拔萃成
一片茂密的竹林
前年出生的孙子、孙女儿
在竹林里嬉戏着
争着朝我喊：
爷爷、爷爷
有好多跳舞的蝴蝶
有好多漂亮的花花
还有好多美丽的蜻蜓

婚礼现场

聚光灯

聚焦着一对新人

两旁的父母双亲

站立得

复杂且拘谨

而那四双眼睛里的泪光

却格外晶莹

这泪光晃得我

悄悄掏出了纸巾

小棉袄的分量

那年
两只大行李箱
装着娇小女儿的梦想
漂洋过海去远方
我用父亲的目光
朝飞机仰望
一下感受到
这件贴身小棉袄的
分量

人以群分

几十年未见的人
聚到一起
依然三五成群
藏了好久的心里话
只说给知心好友听
一个共同的留念
只剩下那一张合影

父亲节

蔡老、阙老、陈老
老蔡、老陈、老肖
小蔡、小李、小姚
最长的蔡老 92 岁高寿
最小的小蔡刚满 29
大家长幼有序围桌而坐
一甲子故事端上餐桌
几代父亲在今天碰杯
酒杯里满满是
爷们的味道

七夕

今晚

适宜独自仰望

摇摇头

夜空晃动

星空，如此浩瀚……

诗道

几位文友

到酒店小聚

味道至上

真材实料

朱红大字赫然入目

诗人用手一指

兄弟们，从厨师身上

我明白了写诗之道

结缘

每到一地
拉开宾馆的窗帘
商铺、市民
小吃的味道
远处叫不出名字的
河流与山影
一方水土与一方人
今生有缘
在打开一扇窗中相认

天籁

天气多变
晚餐后
正准备去同草木共呼吸
窗外却下起阵阵雨点

放一曲古琴
练练太极
突然，春雷阵阵
琴声与雷声交融在一起
电闪雷鸣中按展挪移
听雨打芭蕉
在自己的天堂里
天人合一

四月的纪念

那年

4 月 13 日夜的蛙鸣

格外热闹喜庆

那夜，透过

开满鲜花的月亮

我读到了一个天大的喜讯

女儿，选择在四月降临

我做了个幸福的父亲

那一张小脸蛋

是四月绽放的最美花朵

从此，护花使者

成为我今生快乐的使命

四月永远值得我

纪念与感恩

女儿在每一个四月

都增加一道年轮

而我，总要点亮烛光

不只为女儿的生日

更为一个完美家庭的诞生

大寒

今天
阳光很好
今天
风吹如刀
阳光里的寒冷
深入骨髓

想起了那一场
恋爱
分手时
她留下的祝福
她脸上挤出的
那一丝笑

诗

在寺院
听和尚诵经
还有
木鱼声声
山野的风
摇响庙角的风铃
几只老鼠啃咬贡果
佛，露一丝
难以捕捉的笑容

今天的阳光

每一片
没被寒风吹落的
树叶
在久违的冬日暖阳里
悄悄私语、尽情欢笑
我也是一片
常绿的叶子
庆幸自己
高挂在
今天的树梢

温馨的日子

上午你回娘家
看望母亲
下午女儿回家
看望你

女人这辈子
知足的
就是这个味

肖是一支歌

有福之人六月生
我选择在虎年虎月
降生在湘中罗家桥村
当时，天空上并未显现
白虎或青龙
东山曙光初现
家里的雄鸡在报晓打鸣
我降生的啼哭
是献给母亲、献给村庄的
第一支歌声

那一年苦日子刚刚熬尽
地里的小菜，田里的水稻
悲天悯人地长势喜人
饥饿的恐惧暂时隐退
六畜兴旺，鸡鸭成群
男人们又有精力在夜晚耕耘
暮气沉沉的山村
在饭香和婴儿的哭闹中无比生动

我曾是牛背上快乐的牧童
夕阳留下我吹笛的剪影

是夜晚仰望星空的少年
流星雨灌溉了我的憧憬
十六岁那年
我从乡村嫁接到了城市
歌声里保留着故乡的基因
现在，别人总爱叫我肖会长
其实，怎么还会长呢
我的身高，早就定格在 1 米 6 零

女儿

我的粮仓。
想她，
心里不饿。

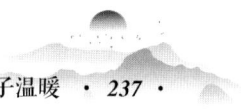

失眠

失眠
黑夜里的眼睛
望到千里外小城的秋天
黑夜里的耳朵
听到失眠的蟋蟀
吟唱着比秋夜更深的思念
手机在枕头边失眠
剪不断的牵挂
无一处躲得过的盲点
观音菩萨在心跳上失眠
我双手合十祈祷
依然没有望见苦海的边缘

从微笑开始

你还不会说话
先学会了微笑
我的孩子
你小眼睛里绽放的笑
给老爸温柔一刀
一辈子做了你的俘虏
注定疼爱你到老

烟花

有些美丽
就如烟花
包括有些爱情
有些梦
绚丽地绽放
绘一幅幻景
烟雾散尽
隐约听到麓山寺
传来诵经的声音
抬头看
夜空还是那个

共鸣一生

真的就有这么神
我相守了二十多年的妻子
老远就能听出我的脚步声
傍晚，总微笑着站在家门口
接过公文包与外套
为我卸下一天奔波的沉重
更神的是她已经能听懂
我脚步快慢、轻重中蕴含的表情
快乐或忧伤，顺利或受挫
绝对能产生出准确的共鸣
一杯清茶飘散着温馨
几样家常菜最能养生
看一眼老婆早生的白发
我知道她是最心疼我的女人

把黑夜叠起来

把柔软的棉被铺开

黑夜便叠起来了

夜色是无边的海

音乐涨潮了

手机总是无眠

欲望翻腾起啤酒的泡沫

把黑夜叠起

为浪漫让出舞台

少女

你真纯净
任何人的目光
都不应该
在你的少女装上
留下一点污秽

相见

再次相见
你已走到多年后
我仍站在多年前

四目相对
你不再脸红
我依然心跳

可好　可好
身旁一江春水
无边春色

REN
JIAN
YAN
HUO

人 间 烟 火

——

当代作家、诗人评肖歌

以燕子呢喃飞舞的方式

周瑟瑟

诗人是时代的盗火者，肖歌盗取的是人间烟火。人间烟火是肖歌的诗学底色，他的诗闪烁微暗的烟火。他向你传递出人间烟火的情感与历史。

肖歌性情温润，他的诗亦是温润如玉，谦谦君子，面目清净，他的诗中无不透露出纯粹的爱。他的诗歌写作整体上构建了一个爱的语言与意象系统，读他的作品，我能感受到诗人的情感之重与飞舞之轻。

他对故土的进入方式是燕子呢喃飞舞的方式。诗人表达深沉情感时不忘以轻盈姿态呈现他的快乐，"每天总是父亲最早打开大门/望望他的天空他的田野/对于田野正在灌浆的水稻/在父亲的眼里/今天，又是一个好天气"（《天气》），"深沉情感"与"轻盈姿态"并置于一首诗，"好天气"的轻盈是快乐的。生活从"父亲最早打开大门"那一刻开始，诗里的父亲是我们共同的父亲，我的父亲生前最后一天都是这样，每天他总是最早起来打开大门，所以我父亲过世后，母亲怀念他的一项内容就是告诉我："他前一天还起床打开大门……每天早晨是他打开大门。"对于没有大门与田野的人，可能就写不出这样的诗。

诗来源于哪里？当然来源于生活的第一现场。肖歌写作的方式是堂前燕子呢喃，不断吐出心中点滴，在自家屋前自由飞舞的方式。一个人的写作像一只恋家的燕子，我想肖歌是快乐的。首先他找到了属于自己的表达情感方式，其次他是为个体情感的需要而写作。一个男人随着年岁的增长，会越来越愿意回到父母的家，而燕子未曾离去，冬去春来，诗人又回来了，肖歌的诗是一种回家的诗，是游子尝遍人间烟火后带着一身疲惫回到父母怀抱的诗。

肖歌找到了呢喃的书写方式，他是轻柔的、个体的、内在的，诗的声调时缓时急，但总体是短促的、清澈的，绕着堂屋飞舞的燕子是什么样的，肖歌的诗歌腔调就是什么样的。他从"人诗意地栖居"的根源起飞，落在诗沉重又朴实的屋梁上。一个小小的巢穴温暖如诗，肖歌的诗就像他在自家屋梁上筑的巢穴，不华丽也没有钢筋水泥，他诗的巢穴由春泥与杂草筑成，还有燕子吐出的胸中炽热的汁液，那是诗人爱的情感。如此的诗歌构筑，肖歌自得其乐，沉浸于爱的小小巢穴之中。这就是肖歌在人间烟火的写作中充沛的个人情感与复杂的历史语境。

"我爱恋人间烟火/有浓浓烟火味的腊肉/让我怀念家乡/寒冬腊月的火塘"（《腊肉》），肖歌人到中年，他朴素的诗歌容颜与人融合为一体，什么人写什么诗，还是有一定道理的。苦难不是他表达的第一情感，甚至在他的诗里看不到苦难，温暖才是他的诗歌质地。写出真实的爱，一个中年男人的爱必将与生活密切相关，肖歌的诗歌即他的生活史，由自我、亲人与故土等生活元素构成。一种元生活场景（寒冬腊月的火塘）构成了肖歌怀乡的现实，而个人史就在这人间烟火中，他带着一身的人间烟火气在诗中穿行。

我们身处从乡村向城市、传统向现代转型的时刻，情感的悬空与倒置成了现代社会普遍的状态，个体的焦虑与虚无必将寻求精神的巢穴，肖歌的中年获得了诗的慰藉。他要感谢诗充当了他精神的巢穴，让他活得真实、朴素与从容。

他的精神状态从游离到归隐故土，都是安静的，他从容得没有一丝喧哗，"嚼着枯草的老牛／炉火旁打盹的猫／屋顶下／芸芸众生／在冬日黄昏／在浓雾中／静寂地／归隐"（《归隐》），一幅乡村归隐图，像一幅水墨画，一切都是轻的，唯有燕子的呢喃与羽翅在风中摩擦的沙沙声，静与隐，是肖歌的精神状态。轻的诗歌，包含了一颗温热的灵魂，这灵魂由故乡构造。

任何动人的叙述不如说出事物的细节与场景，肖歌擅于抓住所见的细微之处，以极简的语言勾勒出诗的画面，大量的留白，给情感造成回旋的空间。肖歌的诗歌大多短如偈语，透出淡淡的伤感与沉重的底色。

青年批评家杨庆祥最近提出"新伤痕文学"的概念，这些年来我们不断在处理个人生活与复杂社会情感之间的差异性，诗歌的个体细微感受正是时代最真实的反映，肖歌顺着个人生活的轨迹返回时代的现场，写下他的中年"新伤痕诗歌"。

"有娘的村庄／才是牵挂我的故乡"（《有娘的村庄才是故乡》），肖歌的语言介于书面与日常之中，既不生涩又不失人间烟火气。他写的是普通人的情感痛点。读肖歌就像读自己的伤痕，没有任何阅读障碍。从他的诗里我们能找到另一个真实的自己，这就是书写个体也是书写人间烟火的结果，不设置审美障碍，以普通人为倾诉主体放低诗歌书写姿态，这是肖歌的写作特点，也是他的写作制高点。

肖歌的故乡在湖南涟源市荷塘镇罗家桥村，据他说有小河穿村而过，罗家桥沟通两岸，村民沿小河北岸而居，南岸是开阔的田畴。村子对面是苍山如黛、如阵云浮碧的湘中第一高山龙山山脉。肖歌的外祖父曾撰一联："一水朝来开镜面，万山环绕做屏风"概述村里景色。诗人的故乡是诗人的精神理想国，美与宁静是他的生命之源，经历了伤痕的擦拭，以诗疗伤，以诗重建精神的故乡，"只是今天，我看桥 / 不只是桥"（《罗家桥》），伤痕就是伤痕，在诗里敞开，不必掩盖，现代以传统的流逝为代价，肖歌以燕子呢喃的飞舞在风中追随不死的灵魂。

诗人就是那个灵魂的"夜归人"。"夜归人踏响的足音 / 小山村在怦然心跳"（《回家》），这是肖歌诗的心跳，当我们在黑夜里走近老家时，那种复杂的情感何不是这个时代普遍的心跳？我们通过靠近传统的"巢穴"来为现代疗伤，这样的途径成了一条自我修复的新旅程。

"书柜上 / 供着一只唐代的麻雀"（《一只唐代的麻雀》），肖歌不断重临历史的幻景，他以"夜归人"的角色靠近了传统，又以静观的方式打量历史的真实面目，诗就是无尽的发现与返回，肖歌在发现与返回之旅捕获了人间烟火。

在诗歌美学上可以有许多不一样的飞行，其实每个成熟的诗人都会有个人的姿势，肖歌选择像一只燕子那样飞行在从长沙到罗家桥之间的天空。"新伤痕诗歌"的轻盈与沉重压在肖歌身上，他控制着个人情感让诗趋向冷静，他审视历史让诗飞向内心，他在风中自我疗伤，呢喃的燕子要归巢，肖歌要爱。

血液里流淌的乡愁

朱建业

　　人间烟火在人世间闪烁，它点亮的是我们血液里流淌的乡愁。因为有了故乡的人间烟火，我们的血液才不会冷却，生命历经漂泊和沧桑，依旧保持着温润、纯粹和鲜活。

　　乡愁诗自古有之，从诗仙李白的"举头望明月，低头思故乡"到余光中先生的"乡愁是一枚小小的邮票"，从崔颢的"日暮乡关何处是"到诗人于坚探讨当代诗歌"还乡的可能性"，无不乡愁浓郁，催人泪下。而肖歌的乡愁诗结合"人间烟火"，在时光的流逝中记载故乡的点点滴滴，真挚而简约，沉静而有力量，给读者带来共鸣。有人说："人间烟火是生活的真谛，没有了人间烟火，人生就是一场苍白的旅行。"这故乡的烟火融入诗人的乡愁，血液中流淌的便是点点滴滴的沧桑和感动，成为永恒的不可磨灭的记忆。

　　组诗人间烟火无疑是诗人对故乡图景勾画的一幅幅素描，其深处积淀着丰富的生活记忆和举重若轻的诗歌功力，有的诗寥寥数笔，就勾勒出内心的沧海桑田和深厚情感，如《古树》："古树／慈祥地站立村口／乡愁／总爱在树上／筑巢"。故乡的一棵古树，经历的是历史和命运，乡愁在树上筑巢，游子呢，无疑是飞离家乡的鸟儿，倦鸟思归，寄托了诗人叶落归根的理想，看似简洁的表达，就把故乡作为精神和肉体的归宿表达得发人深省。《选择》《归隐》更是直白地表达了诗人的这种情怀，诗人渴望回到家乡，哪怕选择"做一块沧桑的／石头"，哪怕"在浓雾中／静寂地／归隐"，深夜难眠，只为思念着"故乡月下的那条小河"。故乡的温暖和寂静，成了诗人精神的皈依，肉体的栖息地。

通读这组诗，我们也可以看出诗人肖歌以对故乡的记忆和体会作为创作之源，同时意在言外，表达出对生命、对生死深刻的感悟，这种敏锐的诗性令人印象深刻。如《蚀》："阳光满地老妪坐在阴影里／日子是屋檐垂挂的冰棱／她满脸皱纹／微张的嘴／仿佛一个无底的黑洞／慢慢地　在消化／不多的光阴"。这首短诗意蕴深厚，"诗不在长，有魂则精"啊。这首小诗"精"在哪里？精在它对生命流逝、岁月无常的精准阐释。首先标题"精"。一个"蚀"字，比喻万物的亏损与伤感，比喻时光的无情，它无声而又冷酷地稀释着一切，消解着一切；其次是内容精。阳光落满大地，但老人却在阴影里独坐，"日子是屋檐垂挂的冰凌"，不久会被融化。张开的嘴，牙齿已掉光，"是一个无底的黑洞"。这比喻太妙，令人不寒而栗！时间真是令人绝望的黑洞，吞噬着一切，我们自己的嘴也是黑洞，也在吞噬自己！我们生命里的光荣与耻辱，美好与丑恶，爱恨情仇，全将被消解成一片虚无！再次，这首诗虽然只是简洁地描述了一位老人的状态，但小中见大，却让我们深刻地感到了生死的宏大命题。当诗与死亡相关，寂静的喧嚣中，给人一种幽微和奇诡的体验，令人反思。读完这首诗，我甚至在想，我还有多少时光可以被消解？在我的生命被吞噬前，我能给这个世界留下什么？所以，诗人肖歌的这首诗在描述无常和生死的消极命题时，也带给我们积极的警示意义和内涵。

在对故乡情怀的诗意构建中，诗人还巧妙地运用一些事物，表达一种温暖的体验，令人感同身受，形成一种对故乡诗意的凝视，刺醒了潜藏每个人血液深处对故乡的情感，温润而又生动。

如这首《乳名未曾老去》："在老家过年／好多乡亲／都是几十年未见／岁月老去，房子老去／熟悉的乡音呼唤我的乳名／我的乳名／在我的故乡／一直未曾老去。"少小离家老大回，岁月已远，房子老去，几十年未见的乡亲，却还记得我的乳名，熟悉的乡音亲切而又生动，天若有情天亦老，但"乳名不老"！此诗小中见大，似淡实浓的描述里，体现了一种朴素而至深的乡情，与生俱来，永远挥之不去，这种美好情怀的坚守和抒写蕴藏着"于无深处听惊雷"的意境！又如《家书》："慢慢增多的白发／力透纸背的皱纹／挂在火塘的腊肉／酿制好的米酒／新剪的窗花／坐在屋门前纳着鞋底／一针又一针／这是母亲熟悉的笔迹／春节前的家书／耗尽了／母亲又一年光阴"。时光如沙漏，与母亲分离的日子里，母亲的家书是时光的无情，是白发，是皱纹，是为儿女日夜操劳逐渐佝偻的背影。也是一件件具体朴实的事物，如腊肉、米酒、窗花、鞋底。一年的光阴，这些都是母亲为儿女回家而准备的！这就是一封母亲的家书，可怜天下父母心，母亲的家书不是文字，而是对儿女的一片爱心。一封家书，刻画了诗人对母亲的思念，同时把一位伟大而平凡的慈母形象刻画得淋漓尽致！读这首诗，我触摸到了诗人对母亲实实在在的感恩之情，细腻和博大的情感扑面而来，我怎能不泪流满面！又如《天气》，身为农民的父亲关心天气，实则是关心孩子，看似随意的描述，实则独具匠心，表面上写天气，实际上写父子情，一位父亲的形象跃然纸上，简约却不简单，不经意间触及了读者情绪的敏感处。

人间烟火组诗中穿梭着无数家乡的意象，都是常见的事物，如"腊肉""土砖屋""古树""小河""拜年"等，最是普通不过，然而诗人却能画龙点睛，用来深刻地表现人情冷暖和悲悯情怀，诗意转换中不着痕迹，浑然天成，充满活力，令人赞叹。我很喜欢这首《腊肉》："我爱恋人间烟火／有浓浓烟火味的腊肉／让我怀念家乡／寒冬腊月的火塘／过年后母亲取几条让我带上／想家的时候切几片尝尝／漂泊的日子／有了油汪汪的光亮。"腊肉最能体现人间烟火的，人间烟火熏出来的腊肉寄托着母亲的深情，也寄托着诗人对故乡的怀念，想的时候尝一尝，这人间烟火的味道给予了诗人力量和希望。最后一句堪称点睛之笔，形象生动而又令人忍俊不禁，漂泊的日子因为这腊肉有了光亮，这人世间的烟火照亮着诗人前进的路。

总之，诗人肖歌坦诚醇厚、凝练简约的诗句给乡愁勾勒出了一幅幅感人而又深刻的图画，他灵魂和身体里燃烧着人间的烟火，血液里流淌着质朴的乡愁。我们祝愿这血液里的乡愁流得更远，更开阔，插上翅膀，直达飞翔的诗意之境。

内心的花园

——肖歌诗歌印象

林程娜

诗歌作为诗人心灵的语言居所，为诗人建构起一座座美好的内心花园，而诗人，就如同辛勤劳作的园丁一般，用诗思浇灌，用语词施肥，用一句句诗句修剪和培育着花园里的花草树木，用一首首诗歌打理装扮着这座精神上的花园。诗人肖歌就是这样一位辛勤而幸福的诗人。

肖歌是一位内心纯挚而浪漫的诗人，他对诗意生活有着较强的自觉与创设。他追求一种如诗的生活，写着一首首美好诗意的诗歌。他甚至要把他的诗意愿望延伸到更大的空间向度上，通过打造一间美好雅致的心灵"诗屋"来实现他诗意的理想："该造一间怎样的屋／让诗歌来住呢／这屋应有彩虹的色彩／应有眼眸一样的窗户／应有会唱歌的大门／应有母爱一样的温度"，这间唯美而纯净的诗屋正是诗人对于诗歌的追求与期望，寄寓于一种博大宁静的胸怀，也体现出诗人一颗对生活的珍爱之心。很多时候，生活的忙碌和繁复往往会让人丧失对诗意生活的重视与寻找，这就需要诗人保持着一颗纯真执着的心，具有在清醒之中面对生活而努力超越生活的精神品质："一把伞怎能遮住一座花园？／努力着建造一个屋顶／白墙青瓦的屋顶下，内心／比一杯绿茶更为平静"，肖歌所创设的心灵花园并非虚幻而没有实感，他以一种反思的姿态直面现实的欠缺，而内心平静地走好足下的每一步。应该说，肖歌所要打造的"内心的花园"与"诗屋"都不是虚拟的空中楼阁，而是具有足够的深思与努力，而反过来，他所致力建构的诗意生活也同样完善丰富着他自我的精神世界。

肖歌是一位情感细腻、性格温和的诗人，他的情感总是平缓、宁静的，故而很多事物在他诗意的描绘中焕发出深挚的情感磁场，极具感染力，比如他所写的一些关于乡愁、亲情的诗歌。"古树／慈祥地站立在村口／乡愁／总爱在树上／筑巢"，"记忆倒塌成／瓦砾满地的废墟／……鸡鸣犬吠，怎么听／都像变调的乡音"，"在故乡的画面上／氤氲出一大片／梦境似的倒影"，在肖歌的诗中，乡愁的情感基调显得那么朴素、真实，细化到一棵村口的古树、一声声鸡鸣犬吠，而诗人对故乡的热爱也从记忆深处延伸出来，对故土的坚守使他执着地在故乡的画面上创设出梦境般的倒影，也寄寓着诗人对故乡的依恋与追随。"古老的长沙城，越长越大／我只需一扇窗／取湘江一瓢饮"，诗人认为"一就够了"，这恰恰体现出他内心对乡土、乡水的深刻认同。即便故乡已有所改变，但诗人心中的恋乡情怀不曾改变。

肖歌还是一位童心未泯、有着纯真诗心的诗人。在他的眼中，这个世界何其神奇美好，他总像孩童般发现着世界的新奇与美妙，用一首首童诗编织着美丽的世界，而这些诗歌，也正是他送给所有孩子的美好礼物。像一首儿童诗代表佳作《快乐的小屋》，可以说是一间儿童版的美丽"诗屋"："小朋友用鹅卵石／搭了一间小屋／萤火虫给小花屋点亮了灯／小蜘蛛给小花屋织好了窗帘……"这样童真可爱的诗句，不仅为孩子们打造一间快乐的美丽小屋，而且还将大自然的美好融入诗中，激发出孩子们热爱大自然的情怀。"山上小溪／爱玩滑梯／哗啦啦啦／笑嘻嘻嘻／一滑滑到／河妈妈怀里""菜地里的萝卜、白菜/探出好奇的眼睛/像一群玩捉迷藏的孩子/躲在雪被下一动也不动",这些灵动活泼的句子,分明就是诗人一颗童真的心在闪烁。

诗人肖歌的诗朴素、真挚,没有过多的装饰和雕琢而显露其本真,在他的诗写中,我们读到的是一位诗人对诗歌与生活的感恩与热爱,他的诗句细节生动,情感深沉,将他对人生的深刻理解融入诗中,可以说与他丰富的人生阅历是分不开的。读肖歌的诗,总会被深深感染而体悟到人生的宝贵,就如他所写下的一句诗:"我也是/一片常绿的叶子/庆幸自己/高挂在/今天的树梢",我想,只要保持一颗纯真、善良、感恩的心,我们都会是一片片常绿的叶子。

品读肖歌的诗

庞　华

诗

在寺院

听和尚诵经

还有

木鱼声声

山野的风

摇响庙角的风铃

几只老鼠啃咬贡果

佛，露一丝

难以捕捉的笑容

庞华读诗：

　　和尚兀自诵经，木鱼兀自响。我一向就很怀疑这种修行方式。不如静静打坐。"诵经"，敲"木鱼"是诗？不是。野风摇响风铃是诗？好像是，又不是。老鼠啃咬贡果呢？佛的一丝笑容呢？都好像是，又都不是。释迦牟尼拈花一笑的要义正是在此。不可言说啊。但我还是要冒冒险。本诗是在说，诗，在空白处。这和我一直以来的想法不谋而合，诗不在词语，不在我们的分行句子里，不在我们呈现的事物，在空白处。但话说回来，我觉得还在词语里，在分行的句子，在事物之中。诗是通过语言超越语言的。本诗可以归入意象诗，不着一词，把"诗"的秘密表现出来，令人击节。可以纳入无诗意写作之典范。

但美中不足的是我认为"还有"这一行这个词语可以不要。

星　空

一颗星

一个亡者的灵魂

浩瀚星空

不只有我的列祖列宗

应该也包括

已经消逝的那些恐龙

那些猛犸象

许多未曾谋面的走兽飞禽

前天，我喂养的宠物狗阿土死了

哀悼它的两滴清泪

想也会变成　夜空的星星

庞华读诗：

　　读到此诗，我被诗人肖歌的大生命情怀感动了。诗的立意从我们都知道的"一颗星一个亡者的灵魂"引发，蔓延到整个生命史，又回到当下。结构上大致为过去，远古，当下，显示了诗人放得开收得拢的娴熟技巧，可谓大开大合。本诗还明显存在可以更加精炼顺畅的可能，由于是作者临屏急就便被我"打劫"而来，后面修改否暂时不知道。但是，整首诗就像封顶了大厦一样，唯欠"精装修"了。本诗基本达到了无诗意写作的处理方式，冷静，克制。我是常常望星空发呆的人，尽管那些星星从不理我。我太渺小了。我们太渺小了。是以唯有大生命情怀才让我们具有了对星空的种种想象。

共鸣一生

真的就有这么神
我相守了二十多年的妻子
老远就能听出我的脚步声
傍晚，总微笑着站在家门口
接过公文包与外套
为我卸下一天奔波的沉重
更神的是她已经能听懂
我脚步快慢、轻重中蕴含的表情
快乐或忧伤，顺利或受挫
绝对能产生出准确的共鸣
一杯青茶飘散着温馨
几样家常菜最能养生
看一眼老婆早生的白发
我知道她是最心疼我的女人

庞华读诗：

　　本诗之妙在于"神"，神奇的神，这"神"不仅在夫妻间的相
濡以沫，患难与共，更在于那份默契。家有贤妻如斯，夫复何求！
本诗表现的依然是男主外，女主内，其实谁主什么不重要，关键是
夫妻的"磨合"与实实在在的真情。读这首诗，我很自然想到"什
么是最浪漫的事"。相敬如宾，一生扶助，不在豪言壮语，山盟海
誓，在于平平淡淡的相互坚守。问世间能有几对？因为真情，我便
忽略了这首诗的诗艺。

《内心的花园》：格调婉约　境界静美

龙红年

　　诗人肖歌是一位内心单纯、为人低调、功力深厚的诗人。他坚持创作近三十年，发表出版文学作品多部，却从不张扬。早年他从事儿童文学创作，其作品中纯净、天真的境界常常令我们这些朋友读后心灵受到沐浴和洗礼。近期读到肖歌不少的诗歌佳作，为他的华丽转型而惊喜。肖歌的诗作日渐显露出其对人生深层的思考感悟和觉醒，对故土亲情的依依不舍。在诗歌技法上深入古典诗歌的瀚海中寻找与自身吻合的气质。

　　这首内心的花园，格调婉约，境界静美，古典诗歌的空灵悠扬在其中随处可见。白瓦青墙，月色中的笛音、犬吠，木格花窗的剪影，一袭旗袍，暗香浮动，水仙兰草，千年古琴……这一切是多么静幽的境界，在中国古典诗歌中带给我们的感受在此有了新的更为逼近心灵的意义。如此繁复铺垫下推出的"爱情"，是浪漫的，也是沉静的，是可以"呼吸的爱情"。一些人总想把新诗的城堡从空中开始建造，也有一些人希望在外国诗歌中嫁接，找到中国新诗的出路，而事实上，真正优秀的诗人一定是从中国的古典诗歌的台阶上迈步，因为那是多么深厚的土壤和丰富的养分。当然，在传统中汲取养分并不等于老套、陈旧，肖歌的诗歌富含现代诗歌的元素，象征、隐喻、跳跃、转换，十分灵动。标题《内心的花园》，给全诗奠定了现代性的呼吸节奏。全诗语言纯净，足见诗人功力。

回归心灵的虚实抵达

黄菲蒂

　　这大约是一个很难有心境去认真读诗和写诗的年代，人们对外部世界的兴趣远超过对内心世界的探寻。肖歌的诗却一直提供给读者一个安静的心灵世界。他居于城市，却保持着与城市生活的距离，反身歌颂乡土的、宁静的、真切的人物和情感。

　　读这首《内心的花园》依旧可以看到诗人的内心世界。诗人心中的花园隐秘而热烈，最美的仍然是玫瑰般的爱情。着一袭旗袍的女子被江南的水墨世界赋予了如水般温柔的心灵，清幽巷里古琴悠扬，这是"雅"，而这"雅"又真实舒适地流淌在有着犬吠的平凡人生里。于是，美好而不凛然的感情就有了人间的烟火气息。这样的感情才会生出内心的温暖来，才会在读者心里着地。诗人是懂得人生的，俗世和雅趣的自然融合才有真实的幸福感。

　　读肖歌的这首《内心的花园》，虚实相生的诗境是不可忽视的。月色下的白墙青瓦，缥缈而来的笛音，幽深古巷里的犬吠，古雅的木格花窗是"实"，是具体生动的场景，因此而生出的恬淡素雅的意境则是"虚"。在水仙、文竹和兰草的清香里，着一袭旗袍抚琴的女子端坐眼前，那觉得知音的内心甜蜜则是需要体悟的。你尽可以去揣摩去想象那美好的心境，这份想象的空间就是虚实之间造就的诗歌意味。这个空间感让人能在读诗时有呼吸自由的轻松感，在体味诗中美好情愫的同时联想起自身情感。如果说诗歌最大的魅力是能以情动人，那么这种空间感的存在对于读者来说是至关重要的。

　　肖歌的诗有一种回归心灵的悄然，不动声色却能深入人心。他愿意记录下人生的美好而不是阴郁，他在复杂里看到简单，在纷杂里找回寂静。这不是逃避，而是一种发自内心的善良，是他真正的内心花园。

意象的星光在时空闪耀

罗广昌

    读肖歌的诗作，无论是《寄娘》《鸟语》还是《熬夜》，总感觉作者得到了艾青之真传，诗风平淡朴实，以叙事写实为主，淡淡的又令人忧伤的情怀寄寓在字里行间。作者有乡村生活背景，且观察细致，诸如古树、水井等画面的叠加构成一组乡村风情画，总之，这种诗风属于二三十年代，属于乡村诗派，这种风格，在物欲横流，工业化了的当代，实在是难能可贵的。但是，肖歌毕竟是当代诗人，他的诗作在表现手法上绝不局限于三十年代的艾青，换言之，在表现手法的多样性方面，肖歌超越了艾青，是属于二十一世纪的诗人。亲爱的读者，如果你喜欢新诗，如果你对这一点还有所怀疑的话，请你读读作者的最近作品《内心的花园》。

    《内心的花园》源自作者丰富的情感体验，"一把伞怎能遮住一座花园？"但它遮住了，因为这是内心的花园，第一部分的景物描写中，出现了我们熟知的白墙、青瓦、笛音、犬吠这些乡村生活的元素，这里有想象，有写实，勾画出人物活动的空间和氛围。其实，虚拟的想象也是需要空间的，这种空间也可以叫做意象吧！

    诗的重心在第二部分，"你一身旗袍，暗香浮动"，犹如普希金的"一朵小花激起了读者无限的遐想，她是谁，你或者想起了戴望舒《雨巷》中那个撑着油纸伞在雨中徘徊而又彷徨的姑娘，或者想起了陈寅恪笔下的多才而又优雅的柳如是，或者干脆，就是那个倚在自家门框上吃吃笑着的丰腴的邻家女，或者就是所有这些意象的叠加，看得见而摸得着。"水仙""文竹""兰花"是屈原离骚中香草美人中的香草，也是女主人公的品格。这一切构成了作者内心的花园。

诗的结尾含意隽永，"你把我种成一棵树，我把你种成一株藤"这才是真正的风景，正如茅盾在《风景谈》中所说，人是大自然中之最伟大者，是风景中的风景，"在天愿作比翼鸟，在地愿作连理枝"，"雪落无声，悄悄浪漫了头顶""执手，你我都是幸福的园丁"。诗，在这里结束了，但给我们留下了无穷的回味。

读肖歌的诗，给我们总的感觉是，肖歌是一位成熟的诗人，他的诗使我们走进了实实在在的生活，而且充满了积极向上的力量。期待作者有更多的好作品和诗集面世。

当代湖南诗人观察：肖歌

草　树

　　肖歌如今晋升爷爷级别了。这位生于二十世纪六十年代初、毕业于湖南师大中文系的诗人，他自然不会有"饥年憎闰月，病叟厌余生"的喟叹，而是在丰足的生活中享受着天伦之乐，一首《放下》，透着对生命最高价值的深切感悟，对"四世同堂"这一古老理想实现的喜悦。"放下手中的一切"，在面对婴儿的那一刻，可能很容易，但是在面对利益、名声，可就不一定那么简单了。放下修辞，放下陈腐的文学观念，放下昔日之高地上的美梦，就更难了。"现在"，永远是一个难题。正如 R·S 托马斯所说，"人啊，谁在巅峰时／下来并承认／失败"。现在怎么做？一个诗人的写作在很大程度上取决于他的诗学观念是否与时俱进，是否处在前沿，而观念的更新可不是"倒掉一盆污水，打开龙头换上清水"那么简单。观念是渗透到血液和骨髓的。

　　肖歌的诗写干净、简明，他仿佛放下了大学时代那一堆堆故纸，放下了新诗百年纷纭众说的观念，而是面对自己的内心，面对自己的日常和人生，沉浸其中，完全没有半点站在高岗上指点江山的欲望。因而他的诗，也就自然平和起来，有时候直达"远水笼烟阔，江天压树低"的开阔境界。

　　《如梦幻泡影》，以我观物，不到中年，不会有这样的细察，没有对塑料袋里鱼的凝视，就不会有对垂暮老者拐杖的洞观。诗的语言行动，给予着生活以信念，但是"如梦幻泡影"的诗题，却和诗形成巨大的张力，不管是那一略带悲观色彩的人生感喟，是在说世人，还是说自己。一个诗人面对一首诗，要有这样一种清醒、自省，有这样一种冷静、谦卑和宽厚的态度，诗才会更接近于言近旨远的宗教，接近道的无言。肖歌的写作，正是具有这样一种清醒和谦卑，让诗人们看重：他的诗的纯净、客观，而其内在，实在洋溢着一种谦和的对话姿态和坦诚的民主精神。《虚相》《卖莲翁》，亦如是。《11月8日的小确幸》，太阳像追光灯，大地自然就是舞台，仿佛茫茫人世独得了上苍的眷顾，语言的日常极简和境界的开阔浩然，形成巨大反差，反差中见张力。不用力而力自在，从诗内部涌出。

值得特别注意的是，有了孙子孙女以后，肖歌写的儿童诗，更见一颗自由之心的鲜活。《藏在妈妈的肚子里》，这样捉迷藏，只有那个小姐姐想得出。肖歌想出来，化身为小姐姐，将其转化为一首小诗，便让失去童心已久的人又拥有了那颗童心。《海上看落日》，从儿童的视角看，落日融在海里，海水变红了，海水会变甜吗？以成人的视角看，海水苦咸，犹如人生。

暴露和隐藏之术，不单是语言的技艺，还是人生的哲学。